Querida Nancy,

¡¡Me la pasé increíble contigo en Economía Doméstica!! Nunca olvidaré esos feos panqués. Sé que nos seguiremos hablando para siempre porque somos del mismo signo. ¡Obvio! Lástima que Barb ya no esté aquí. ¨ Como sea, te deseo el MEJOR verano, sigue loca. ¡Y te veo pronto! Besos,

Debbie

¿Recuerdas ese préstamo?
¡Prometo pagarte pronto!
— Mike

¡Gracias por el baile! Dijiste que era tu favorito de los amigos de Mike, ¡Así que no vale arrepentirse!

— Dustin

*Eres la única
persona con la que
querría sobrevir el
fin del mundo.*

— JONATHAN

Me alegro por ti, Nancy,
¿sabes? En serio. —Steve

ANUARIO 1985

por Matthew J. Gilbert

OCEANO Travesía

"Tigres por siempre"
(El himno de la preparatoria Hawkins)

Somos de Hawkins, el equipo glorioso.
¿No puedes escucharnos? Venimos orgullosos.

Somos muy valientes y asustamos a cualquiera.
Con nuestro orgullo Tigre hoy retumba la Tierra.

¡Garra! ¡Garra! ¡Garra! ¡Ras! ¡Ras! ¡Ras!
Estamos anotando y queremos más.

Aunque nos separemos seguiremos siempre fuertes.
Venimos de Indiana, ¡somos Tigres para siempre!

¡VAMOS HAWKINS!

Jamás pensé que una canción pudiera ser más tonta que "Eye of the Tiger", ¡pero lo lograron!
— JONATHAN

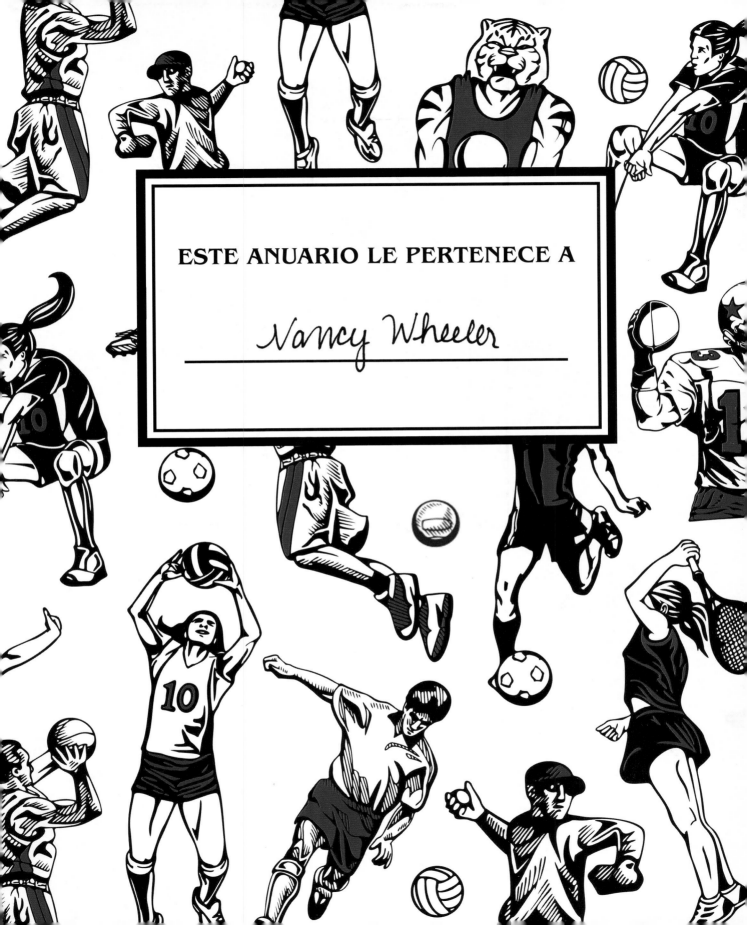

ESTE ANUARIO LE PERTENECE A

Nancy Wheeler

HAWKINS HIGH SCHOOL

1984-1985

¡LO LOGRASTE!

Sobreviviste un año más a la Preparatoria Hawkins.
Ya sea que éste haya sido tu último año con nosotros,
o bien el comienzo de una nueva travesía, sólo
queremos darte las gracias por hacer del ciclo
escolar 84-85 un año tan memorable para la historia
de la escuela. Dimos la bienvenida a nuevos estudiantes
a nuestros pasillos y a nuestro pueblo, alcanzamos
la victoria en la cancha y en las aulas y honramos la
memoria de los Tigres de ayer y de hoy. Incluso cuando
nuestra comunidad estuvo en crisis te mantuviste
atento, concentrado y unido como nunca. Vaya que
ha sido un viaje, pero es nuestro honor poder guiarte
hacia lo que viene.

¡VAMOS TIGRES!

Cuerpo docente y personal de la Preparatoria Hawkins

Para tu información, mi mamá dice que ya no me puedes usar como excusa para escaparte de casa. Estoy metida en problemas. ¡No más "pijamadas"!
— Ally

PREPARATORIA HAWKINS
¡VAMOS TIGRES!

HORARIO DE OTOÑO 1984: WHEELER, NANCY

1er periodo	Literatura Inglesa avanzada	Salón 302
2o periodo	Historia Mundial avanzada	Salón 308
3er periodo	Periodismo	Ofc. del periódico
4o periodo	HORA DE ESTUDIO	Biblioteca
ALMUERZO	ALMUERZO	CAFETERÍA
5o periodo	Cálculo	Salón 301
6o periodo	Química avanzada	Laboratorio
7o periodo	Economía Doméstica	Salón 200

Nombre:
NANCY WHEELER

Clase favorita:
todas... excepto la clase de Matemáticas del Sr. Mundy

Pasatiempos:
estudiar, nadar

Actividades extracurriculares:
Sociedad de Honores, Anuario, organizadora del Baile de invierno

Cuando no estoy estudiando estoy:
buscando la verdad

De grande quiero ser: periodista

- Descubrir quién es Murry Bauman.
- Hablar con Steve sobre Barb.
- ¡comprar grabadora!

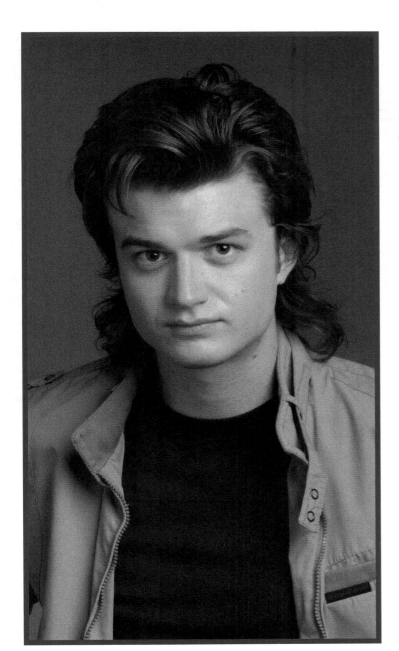

Nombre:
STEVE HARRINGTON

Clase favorita:
Educación Física

Pasatiempos:
salir de fiesta
y practicar mi bateo

**Actividades
extracurriculares:**
básquetbol

**Cuando no estoy
estudiando estoy:**
de niñero

**De grande quiero
ser:** indeciso

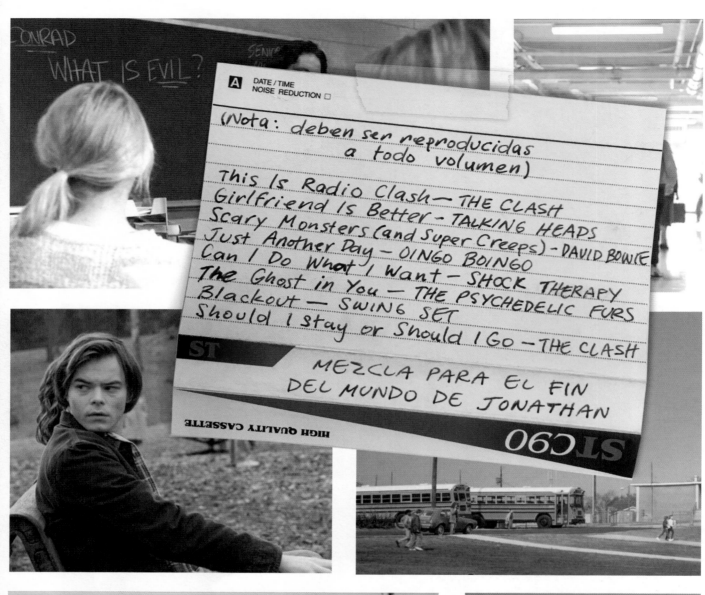

Nombre:
JONATHAN BYERS

Clase favorita:
Literatura Inglesa

Pasatiempos:
pasar tiempo con
mi hermano menor

**Actividades
extracurriculares:**
Club de Fotografía,
Anuario, organizador
del Baile de Invierno
y fotógrafo retratista

**Cuando no estoy
estudiando estoy:**
haciendo mezclas
en cassettes

**De grande quiero
ser:** fotoperiodista
de rock

Nombre:
BILLY HARGROVE

Clase favorita:
el almuerzo

Pasatiempos:
arreglar mi auto,
levantar pesas,
rockear

**Actividades
extracurriculares:**
básquetbol

**Cuando no estoy
estudiando estoy:**
¿qué te importa?

De grande quiero ser:
el tipo más rudo
del mundo

SIN PISTAS SOBRE BARBARA HOLLAND, LA ALUMNA DESAPARECIDA

Chris Foster
Redactor

Hawkins. La policía local y los investigadores del condado Roane han ampliado su búsqueda para encontrar a la adolescente desaparecida Barbara Holland.

[im] Hopper, el jefe de la policía, dijo [que] hasta el momento no se ha encon[tra]do evidencia alguna que indique [vio]lencia. "Actualmente suponemos [que] huyó y estamos interrogando a [los re]sidentes para obtener alguna in[form]ación".

Añadió que los rumores de un ataque de oso no tienen fundamentos.

Al preguntársele si este caso puede estar relacionado con la desaparición de Will Byers, otro adolescente extraviado, dijo no ver conexión alguna. Byers ha estado desaparecido desde el seis de noviembre.

La policía estatal que trabaja en el caso Byers estuvo de acuerdo.

"Son dos investigaciones distintas", dijo el policía estatal David O'Bannon. "Este tipo de casos no son inusuales cuando se trata de jóvenes ado[lescentes. Es]toy seguro de que

QUIÉN ES QUIÉN EN HAWKINS

Nombre: BARBARA "BARB" HOLLAND

Clase favorita: hora de estudio

Pasatiempos: leer y pasar el rato
con mi mejor amiga, Nancy

Actividades extracurriculares:
Sociedad de Honores

Cuando no estoy estudiando estoy:
viviendo mi vida un día a la vez

De grande quiero ser: bibliotecaria

Nombre:
CAROL PERKINS

Clase favorita:
no tengo

De grande quiero ser:
jueza

Carol no es actriz, pero definitivamente es una dramática.
—Nancy

Nombre:
SAMANTHA STONE

Clase favorita:
arte

De grande quiero ser:
diseñadora gráfica

SAMANTHA ES COOL. ¡DEBERÍAS CONOCERLA MÁS!
—JONATHAN

Nombre:
TOMMY HAGAN

Clase favorita:
todas son igual de
buenas para dormir
un rato

**De grande quiero
ser:** alcalde

ESTE TIPO
ES LO PEOR.
—Steve

Nombre:
VICKI CARMICHAEL

Clase favorita:
geometría, porque
tiene la mejor vista
al vestidor de hombres

**De grande quiero
ser:** instructora
de aerobics

Vicki
+
Billy
x
siempre
—XOXO Vicki

BARBARA HOLLAND
Un Tigre que se fue demasiado pronto

Te extraño todos los días.
—Nancy

Estás en mis ☹ oraciones.
—Carol

Descansa en paz.
—Steve

1967–1983
Te recordaremos siempre

Estoy eternamente agradecido por los recuerdos que me dejas.
— Director Evans

Me pongo de pie en tu honor.
— Sr. Joosten, club de teatro

Está bien, sí, voy contigo a lo de Steve.

¿Contenta?

Pero para que quede claro, odio a Tommy H. y a Carol. y odio tener que pasar una noche con ellos cuando perfectamente podría pasarla en casa haciendo cualquier otra cosa.

Pero... te quiero. Eres mi mejor amiga; y sólo por eso iré contigo.

Pero en serio, Nancy, más te vale que no dejes de ser mi amiga.

Si me haces a un lado por ser cool me voy a enojar muchísimo contigo.

Yo te conocí antes. Recuérdalo.

Sólo prométeme que no vas a cambiar.

Barb

MEJOR VESTIDA:
SAMANTHA
STONE

MEJOR PEINADO:
STEVE
HARRINGTON

EL MÁS PAYASO:
TOMMY HAGAN

LA MÁS
BRILLANTE:
NANCY WHEELER

EL MÁS RUDO:
BILLY HARGROVE

EL MÁS CALLADO: JONATHAN BYERS

LA MÁS DRAMÁTICA: CAROL PERKINS

Los estudiantes de la Prepa Hawkins nos comparten sus cosas favoritas para que todos sepan qué ven, qué se ponen, ¡y cómo rockean este año!

Películas favoritas:

Footloose
Purple Rain
Breakdance
Karate Kid
Cazafantasmas
El club de los cinco
Vision Quest

Sólo queremos bailar. Por eso nos identificamos con Footloose.
— Samantha

¡Ese luchador es muuuy guapo!

Canciones favoritas:

"Let's Go Crazy" de Prince
"Dancing in the Dark" de Bruce Springsteen
"Jump" de Van Halen
"Cruel Summer" de Bananarama
"Boys of Summer" de Don Henley
"Crazy for You" de Madonna
"Every Time You Go Away" de Paul Young

Verano cruel... suena a lo que nos espera a todos por aquí.
— Tommy H.

Cosas favoritas:
Chamarras de mezclilla
Reproductores de CD
Pulseras de resorte
Mocasines

**Programas
de tele favoritos:**
Dallas
Dinastía
Lazos familiares
Corrupción en Miami
Hospital St. Eligius
Cheers
El precio del deber

Personas favoritas:
Madonna
Gandhi
Kevin Bacon
David Bowie
Tina Turner
Ronald Reagan

¿A dónde vas cuando no estás estudiando?

PALACE ARCADE

LAGO DE LOS AMANTES

ÉSTE ES EL LUGAR PERFECTO PARA UN ENCUENTRO ROMÁNTICO —JONATHAN

EL PARQUE

CINE HAWK

Sólo para que lo sepan, tienen una estricta política antigraffiti. —Tommy H.

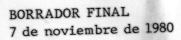

BORRADOR FINAL
7 de noviembre de 1980

CLASIFICACIÓN DEL MEMORÁNDUM: Altamente confidencial
ASUNTO: Proyecto MKULTRA, Subproyecto 8

    1. Subproyecto 8 ~~está siendo establecido para~~ ▓▓▓▓▓
de aspectos bioquímicos, neurofisiológicos, psiquiátricos
clínicos y paradimensionales de ▓▓▓▓▓▓▓ programa en
▓▓▓▓▓▓▓▓▓▓. El protocolo de las instalaciones será
establecido en un documento separado.

    2. El presupuesto estimado del proyecto es de ▓▓▓▓▓▓ (es
decir: investigación de energía). ▓▓▓▓▓▓▓▓▓▓▓▓▓▓▓
servirá para suprimir y tapar ▓▓▓▓▓▓▓▓ y proporcionará
los fondos mencionados como dinero donado a "investigaciones
filantrópicas". Las transferencias de fondos se manejarán a través
de los canales normales.

    3. Los participantes del programa serán seleccionados en
hospitales, instituciones, orfanatorios y centros de rehabilitación
a través de un proceso en extremo riguroso. ~~Una lista preliminar
de candidatos~~ le seguirá.

    4. ▓▓▓▓▓▓▓▓▓▓▓ (director del hospital) tiene
autorización de SEC COM y conoce el verdadero propósito del proyecto.
Defensa estándar y operaciones de desmentido activadas.

▓▓▓▓▓▓▓▓▓▓▓▓

División Psyops/TSS

APROBADO

Jefe, Psyops/TSS

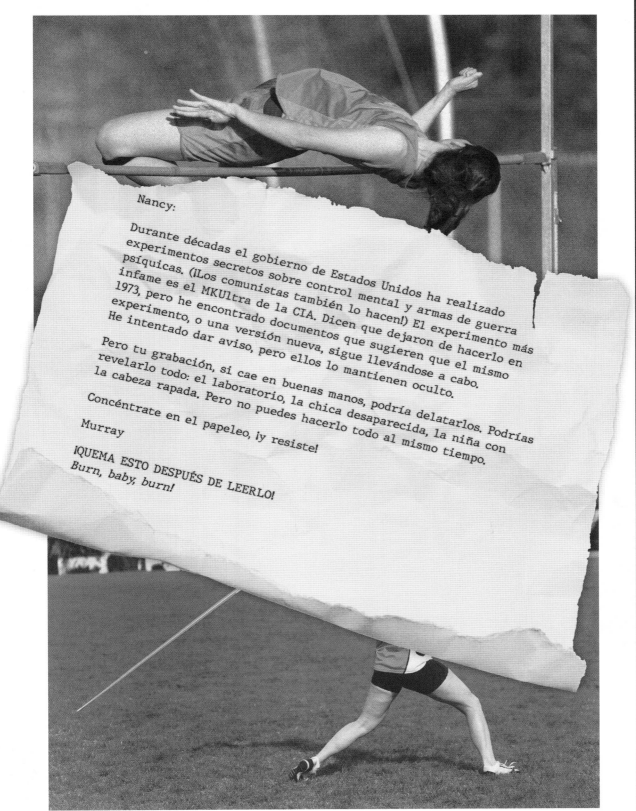

Nancy:

Durante décadas el gobierno de Estados Unidos ha realizado experimentos secretos sobre control mental y armas de guerra psíquicas. (¡Los comunistas también lo hacen!) El experimento más infame es el MKUltra de la CIA. Dicen que dejaron de hacerlo en 1973, pero he encontrado documentos que sugieren que el mismo experimento, o una versión nueva, sigue llevándose a cabo. He intentado dar aviso, pero ellos lo mantienen oculto.

Pero tu grabación, si cae en buenas manos, podría delatarlos. Podrías revelarlo todo: el laboratorio, la chica desaparecida, la niña con la cabeza rapada. Pero no puedes hacerlo todo al mismo tiempo. Concéntrate en el papeleo, ¡y resiste!

Murray

¡QUEMA ESTO DESPUÉS DE LEERLO!
Burn, baby, burn!

ENCIENDAN MOTORES

Billy es un rompecorazones.
—Vicki

¡GUAPOS EN LA CAFETERÍA!

Ventana al pasado.
—Steve

CON MUCHA CLASE

PARECEMOS UNOS REBELDES, CAMINANDO POR LOS PASILLOS COMO SI NADA.
— JONATHAN

PASÁNDOLA DE MIEDO

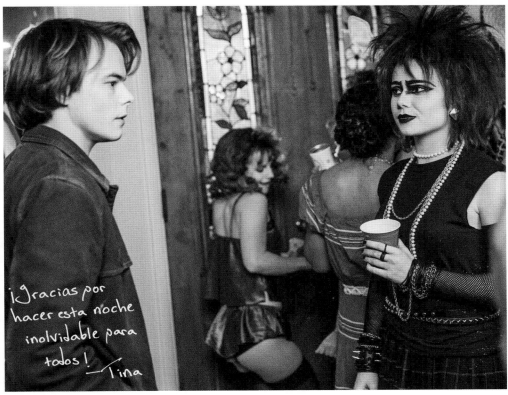

¡Gracias por hacer esta noche inolvidable para todos! —Tina

SB01

SB02

SB03

SB04

SB05

SB06

¡TE SAQUÉ UN PAR DE FOTOS MUY BUENAS
DURANTE EL BAILE DE INVIERNO! ¿TE GUSTAN?
— JONATHAN

ATENCIÓN
ALUMNOS DE ONCEAVO Y DOCEAVO GRADO DE LA PREPA HAWKINS ¡EL BAILE DE INVIERNO '84 NECESITA ORGANIZADORES!

SIRVE PONCHE, TOMA FOTOS, ¡CONSTRUYE RECUERDOS PARA TODA LA VIDA! SÉ VOLUNTARIO Y OBTÉN PUNTOS ADICIONALES. ANÓTATE DEBAJO Y BUSCA AL SR. CLARKE EN EL EDIFICIO DE LA SECUNDARIA, EN EL AULA DE AUDIOVISUAL, PISO 2.

1.	Nancy Wheeler
2.	JONATHAN BYERS
3.	
4.	~~Steve Harrington~~
5.	
6.	Ally
7.	Samantha Stone
8.	
9.	

POLICÍA DE HAWKINS
INDIANA

ORGULLO

TIGRE

**¡FELICIDADES
por una GRAN temporada
de básquetbol!**

**¡Sueña en GRANDE!
¡Gana en GRANDE!
¡Nosotros CREEMOS en ti!**

CINE
HAWK

**¡Saluda a las ESTRELLAS
de la Prepa Hawkins!
¡Visítanos para recibir un trato
de alfombra roja y ver
los últimos estrenos de Hollywood!
¡Con aire acondicionado
durante todo el verano!**

¡SIEMPRE HACIA ADELANTE!

CLASE DEL 85

¡Buena suerte a nuestros alumnos que pasaron a preparatoria!

CHULETA POLOSKI

Chicos,

Estuve pensando en su pregunta sobre los viajes
interdimensionales. Como les dije, si nuestra dimensión fuera
una cuerda, nosotros seríamos acróbatas que sólo pueden moverse
hacia adelante y hacia atrás a lo largo de ella. Algo más
pequeño, como una pulga, podría darle la vuelta a la cuerda
y entrar a otra dimensión. En pocas palabras, esto tiene que
ver con energía, masa y GRAVEDAD.

¿Han escuchado sobre la teoría de cuerdas? Es una teoría física
que usa otras dimensiones. La teoría de supercuerdas dice que
existen 10 dimensiones. ¡La teoría bosónica dice que hay 26!
Son ideas muy radicales. Hubo un artículo muy interesante sobre
esto en OMNI el año pasado. (Creo que fue en junio). Si lo
encuentro, se los doy. Si no, la biblioteca pública probablemente
lo tenga en microfilm.

En lo que conseguimos generar suficiente energía para abrir grietas
en el continuo del espacio-tiempo pueden ver "Espejito, espejito".
No es mi episodio favorito de Star Trek, pero es bueno.

Larga vida y ¡estudien!

Sr. Clarke

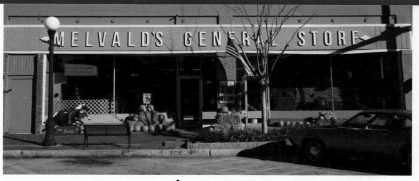

ALMACÉN MELVALD'S

¡Felicita a Will Byers por un año escolar fantástico!
Estamos orgullosos de ti y de tu encantadora mamá Joyce.
¡Muchas felicidades!
Administración del Almacén Melvald's

La Granja de Merrill volverá este otoño.

¡Justo a tiempo para Halloween!

Dusty, tus logros harían sonreír a cualquier mamá. ¡Ahora muéstrales esa sonrisa! ¡Te quiero!

–Mamá

¡Miau!

–Mews

No puedo creer cuánto has logrado, Mike. ¡Sigue así!

–Mamá

Yo sólo pago por las dedicatorias, no las escribo. Así que, mmm... ¡hazle caso a tu madre!

–Papá

DEDICATORIAS

Lucas, eres la persona más trabajadora que conocemos. Gracias por ser tan buen hijo.

–Mamá y papá

Sigues siendo un nerd.

–Erica

¡Muy bien, Will! Estoy muy orgullosa, y haría lo que fuera por ti. ¡Hasta lo imposible!

–Mamá

Feliz COMO LOMBRIZ

ONCE

MIKE, ¿QUIÉN ERA ESA CHICA MISTERIOSA?

Once,
¿Quieres bailar?

Elige una:

☐ SÍ   ☐ NO

No sé bailar,
pero aprenderemos
juntos.

-Mike

Baile de invierno '84

Baile de invierno '84

Baile de invierno '84

PERSONAL DESTACADO: PHYLLIS LA COCINERA

Phyllis Green ha trabajado en la Escuela Secundaria Hawkins más tiempo que cualquier otro miembro del personal y del cuerpo docente. Todos los días del año, llueva, truene o relampaguee, alimenta las mentes –y estómagos– más hambrientos de Hawkins con una gran sonrisa. ¿Su platillo más popular? El pudín de chocolate. ¡Vuela!

¡Esta señora es una mentirosa! ¡Yo conozco tu secreto, Phyllis! —Dustin

MENÚ DEL ALMUERZO

LUNES	MARTES	MIÉRCOLES	JUEVES	VIERNES
HOT DOG	PASTEL DE CARNE	PALITOS DE PESCADO	ESPAGUETI	SÁNDWICH DE MANTE-QUILLA DE MANÍ CON MERMELADA
SÁNDWICH DE ATÚN	NUGGETS DE POLLO	SÁNDWICH DE JAMÓN Y QUESO	SÁNDWICH DE ROSBIF Y QUESO	
SORPRESA DE PAVO	(AMBOS SERVIDOS	FRIJOLES	~~PUDÍN DE CHOCOLATE~~	CHILI CON CARNE

SR. CLARKE

Con una de las mentes más brillantes del país, el Sr. Clarke ha probado ser un activo invaluable para la Secundaria Hawkins.
Ya sea que esté en el salón de clases explicando el fenómeno de los universos alternos o afuera ayudando a que ganemos trofeos de ciencia, su pasión por la enseñanza lo ha convertido en uno de los profesores favoritos de los alumnos. También ejerce el cargo de moderador del Club de Audiovisual de la Secundaria Hawkins.

DIRECTOR RUSSELL COLEMAN

En respuesta a las atroces tragedias que este pueblo ha sufrido durante el último par de años, el director Russell Coleman se ha dedicado en cuerpo y alma a convertir la Secundaria Hawkins en un lugar seguro donde los alumnos puedan reunirse como una comunidad a través de asambleas, terapias de duelo y actividades extracurriculares. Puede que sea un hombre de pocas palabras, pero siempre está dispuesto a conversar con quien lo necesite.

UN HALLOWEEN AL ESTILO HAWKINS

CIENCIA LOCA

Aún no puedo creer que nadie se disfrazó. ¡CONSPIRACIÓN TOTAL! —Dustin

¡El año que viene seguro ganamos, chicos! ¡Esta vez fue pura política! —Sr. Clarke

EL PRIMER DÍA

Cuando pensábamos que las cosas no podían ponerse más extrañas.
—Lucas

ESTUDIANDO

¡Pasan más tiempo en mi casillero que Yo!
—Max

Personas favoritas:

Ronald Reagan
La señora del
    comercial
    de Wendy's
Mary Lou Retton
Sylvester Stallone
Bill Murray
Michael Jordan

La viejita del comercial me da mucha risa. ¡Debería postularse para presidenta!
    — *Mc Caskle*

Cosas favoritas:

Las caricaturas de los sábados
    por la mañana
El cubo de Rubik
Los videojuegos
Las películas en VHS
El transbordador espacial *Discovery*

¡¿Y qué hay de Calabozos y Dragones?! — *Dustin*

Programas de tele favoritos:

Los Magníficos
Punky Brewster
Transformers
Rainbow Brite
*He-Man y los Amos
    del Universo*

FAVORITOS DE LA CLASE

¡Los estudiantes de la Escuela Secundaria Hawkins saben lo que es bueno! Desde películas hasta televisión y modas, ¡aquí está todo lo que te encantó este año!

Películas favoritas:

Cazafantasmas
Gremlins
La venganza de los nerds
*Superdetective en
    Hollywood*
El club de los cinco
Terminator

¿A quién vas a llamar? ¡A LOS NERDS!
—Stacey

Canciones favoritas:

"Ghostbusters" de Ray Parker Jr.
"Wake me up before you Go-Go" de Wham!
"Somebody's watching me" de Rockwell
"Take on me" de A-ha
"We are the world" de EUA para África
"Shout" de Tears for Fears
"Time after time" de Cyndi Lauper

Cada vez que escucho la canción de los Cazafantasmas mis pies empiezan a bailar y mi trampa de fantasmas a chasquear.
—Dustin

EL MÁS AMIGABLE:

MIKE WHEELER

LA BAILARINA MÁS CODICIADA:

STACEY ALBRIGHT

EL MÁS ARTÍSTICO:

WILL BYERS

LA MÁS CLARIVIDENTE:

TRACY TYLER

¡YO CONOZCO A ALGUIEN CON MEJORES PODERES MENTALES!

EL MÁS COQUETO:

LUCAS SINCLAIR

LAS MEJORES BOMBAS DE GOMA DE MASCAR:

MINDY NOVAK

¡ESTOS ALUMNOS ROCKEAN!

¡USTEDES VOTARON! Los ganadores son:

EL MÁS CURIOSO:

DUSTIN
HENDERSON

LA SKATER
ESTRELLA:

MAX
MAYFIELD

El Club AV de Hawkins recuerda a su fundador

BOB NEWBY

LOS SUPERHÉROES NUNCA MUEREN

El año pasado el Club de Audiovisual de la Escuela Secundaria Hawkins perdió a su fundador, el Sr. Bob Newby.

Tal vez Bob no usaba una capa en la vida real, pero para nosotros siempre será un superhéroe. Era ex alumno, un amigo de la familia Byers y el fundador del mejor club de la escuela. Gracias a su cerebro dotado de superpoderes y a sus constantes esfuerzos por recaudar fondos se formó el Club de AV de Hawkins y comenzó la tradición de acercarle la tecnología a los estudiantes de Hawkins.

Sr. Clarke, Moderador del Club de Audiovisual de la Escuela Secundaria Hawkins

RIP, BOB "EL CEREBRO" NEWBY

PRIMAVERA '85
HOJA DE REGISTRO
MODERADOR: SR. CLARKE
UBICACIÓN: SALÓN DE AUDIOVISUAL, PISO 2

ESCUELA SECUNDARIA
HAWKINS
CLUB AV

1. Mike Wheeler

2. Will Byers

3. Lucas Sinclair

4. Dustin Henderson

5. Max Mayfield

6. ~~ALAN BRITO~~

7. ~~Mónica Galindo~~

8.

9.

10. ¡Sigan soñando, tontos!

Nombre: STACEY ALBRIGHT

Clase favorita:
Geografía

Cuando no estoy estudiando estoy:
aprendiendo nuevos pasos de baile

La vi rechazar a Dustin en el Baile de Invierno. Fue brutal. —Will

Nombre: GREG McCORKLE

Clase favorita:
Español

Cuando no estoy estudiando estoy:
riéndome

¡Ja Ja Ja! Gracias por las risas, chicos. — McCorkle

¡Demonios! ¿McCorkle firmó tu anuario? —Dustin

Nombre: TROY WALSH

Clase favorita:
recreo

Cuando no estoy estudiando estoy:
portándome bien,
¡lo juro!

¿Recuerdas cuando le hizo que este tipo se mojara los pantalones? UN CLÁSICO. —Dustin

Nombre: JAMES DANTE

Clase favorita:
Troy se robó mi respuesta.
Así que yo diré…
el almuerzo

Cuando no estoy estudiando estoy:
juntándome con Troy

¡Qué raro! Escribieron mal Cara de Pedo. ¡El nombre real de este chico es Cara de Pedo! —Lucas

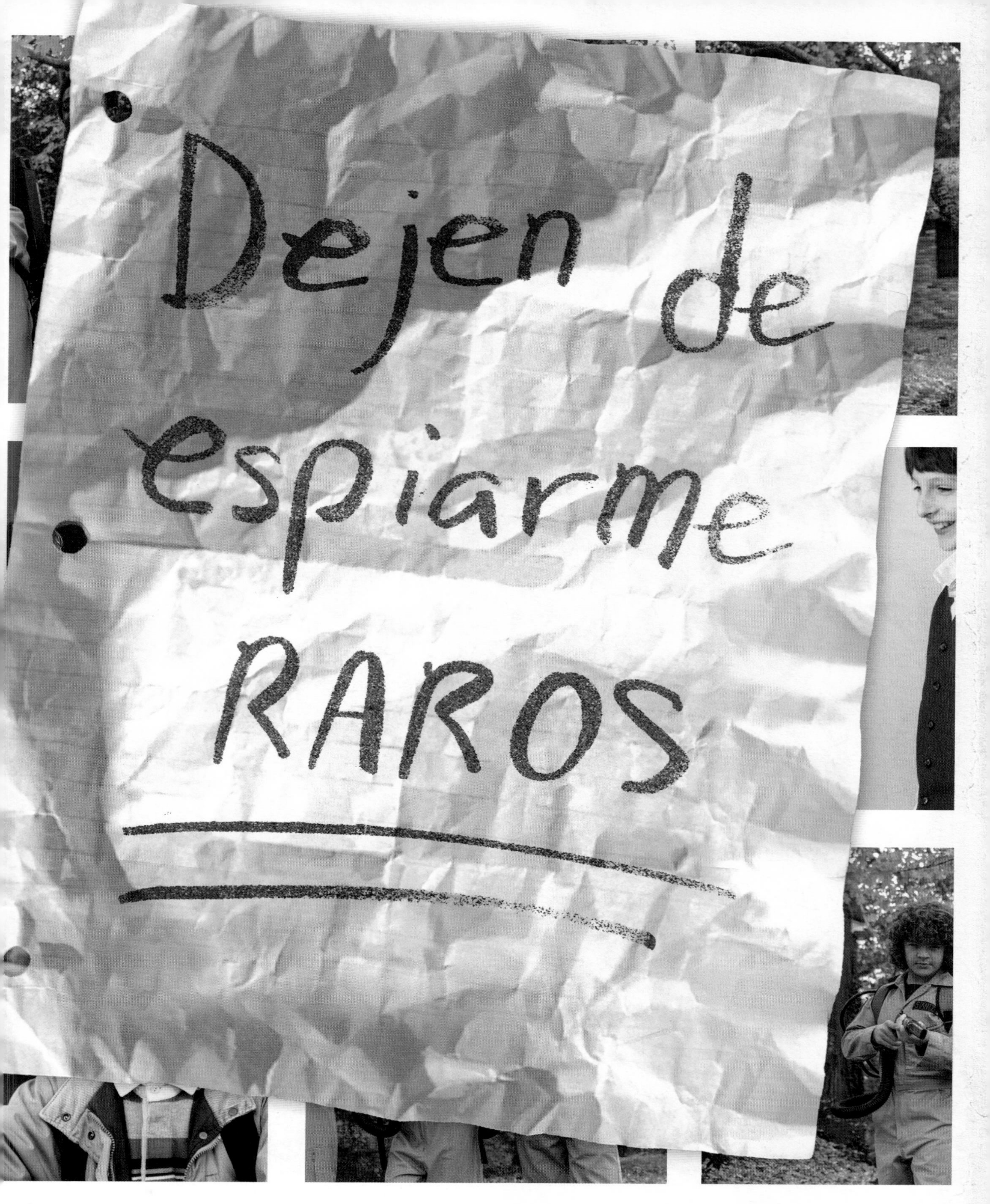
Dejen de
espiarme
RAROS

Nombre: MAXINE "MADMAX" MAYFIELD

Clase favorita: Matemáticas

Pasatiempos: andar en patineta
y dominar en *Dig Dug*

Actividades extracurriculares:
Club de Audiovisual

Cuando no estoy estudiando estoy:
superando todas las puntuaciones
de Dustin en los videojuegos

De grande quiero ser:
skateboarder profesional

HOJA DE PERSONAJE

Nombre del personaje

NO6 (Nombre completo: OISNOGTWAERFAYN)

DUSTIN HENDERSON

Nombre del jugador

CLÉRIGO — **Clase**

3 — **Nivel**

4,000 — **Puntos de experiencia**

ENANO — **Raza**

NEUTRAL BUENO — **Alineamiento**

RASGOS Y CARACTERÍSTICAS

Dibujo del personaje

Nivel de armadura: **6**

Puntos de golpe: **8**

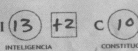

Inventario

MARTILLO +3

LANZA ENANA

BOLSA SIN FONDO

ARMADURA DE PLACAS +2

ESCUDO GRANDE +1

+4 PROYECTILES VS.

AJUSTE

F (15) +2 — FUERZA

D (15) +1 — DESTREZA

I (13) +2 — INTELIGENCIA

C (10) +0 — CONSTITUCIÓN

S (15) +2 — SABIDURÍA

C (15) +5 — CARISMA

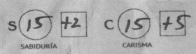

Nombre: DUSTIN HENDERSON

Clase favorita: Ciencia

Pasatiempos: descubrir nuevas especies, recrear utilería de películas en casa, Calabozos y Dragones

Actividades extracurriculares: Club de Audiovisual, Feria de Ciencias

Cuando no estoy estudiando estoy: intentando recuperar mi puntuación en *Dig Dug*

De grande quiero ser: criptozoólogo

HOJA DE PERSONAJE

Nombre del personaje

Tayr

Nombre del jugador

Mike Wheeler

Paladín   3   6,500

Clase   Nivel   Puntos de experiencia

Semielfo   Legal bueno

Raza   Alineamiento

RASGOS Y CARACTERÍSTICAS

Dibujo del personaje

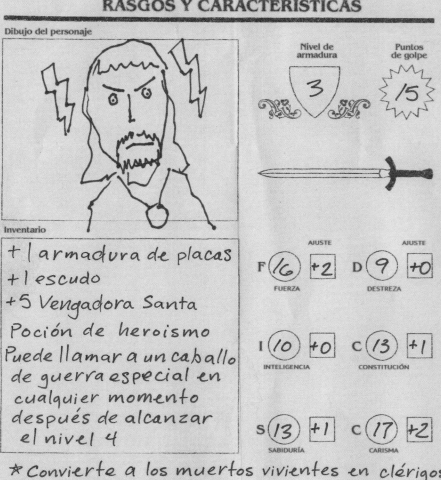

Nivel de armadura: 3

Puntos de golpe: 15

Inventario

+1 armadura de placas
+1 escudo
+5 Vengadora Santa
Poción de heroismo
Puede llamar a un caballo
de guerra especial en
cualquier momento
después de alcanzar
el nivel 4

	AJUSTE		AJUSTE
F 16	+2	D 9	+0
FUERZA		DESTREZA	
I 10	+0	C 13	+1
INTELIGENCIA		CONSTITUCIÓN	
S 13	+1	C 17	+2
SABIDURÍA		CARISMA	

* Convierte a los muertos vivientes en clérigos
dos niveles abajo

¡CAMBIO Y FUERA!

Nombre: MIKE WHEELER

Clase favorita: Inglés

Pasatiempos: ver películas,
ser dungeon master

Actividades extracurriculares:
Club de Audiovisual, Feria de Ciencias

Cuando no estoy estudiando estoy:
escuchando las ondas de radio en mi
walkie-talkie

De grande quiero ser: escritor

HOJA DE PERSONAJE

Nombre del personaje

Sundar el Valiente

Lucas Sinclair

Nombre del jugador

Caballero	3	7.200
Clase	Nivel	Puntos de experiencia
Humano		Legal bueno
Raza		Alineamiento

RASGOS Y CARACTERÍSTICAS

Dibujo del personaje

Nivel de armadura

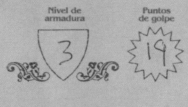

3

Puntos de golpe

19

Inventario

Espada +1
Lengua de fuego (ver atrás)
Poción de velocidad
Habilidad de rastreo
   (90°/o al aire libre
       65°/o bajo tierra)
Ataque sorpresa
(50% de probabilidades
       contra enemigos)

F (14) AJUSTE [+1] FUERZA   D (10) AJUSTE [+4] DESTREZA

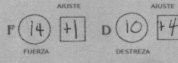

I (13) [+3] INTELIGENCIA   C (14) [+1] CONSTITUCIÓN

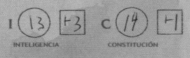

S (14) [+2] SABIDURÍA   C (8) [+4] CARISMA

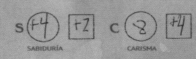

* Daño extra contra gigantes —
              ¡ENEMIGO FAVORITO!

¿Lucas, me copias?

Nombre: LUCAS SINCLAIR

Clase favorita: Historia

Pasatiempos: andar en bici, jugar videojuegos, disparar mi resortera

Actividades extracurriculares: Club de Audiovisual, Feria de Ciencias

Cuando no estoy estudiando estoy: cortando el césped de los vecinos y ganando dinero, como un hombre de verdad

De grande quiero ser: inspector de policía de día, vengador enmascarado de noche

HOJA DE PERSONAJE

Nombre del personaje

Will el Sabio

Will Byers
Nombre del jugador

Mago   3   7.400
Clase   Nivel   Puntos de experiencia

Elfo   Neutral puro
Raza   Alineamiento

RASGOS Y CARACTERÍSTICAS

Dibujo del personaje

Nivel de armadura: 7

Puntos de golpe: 9

Inventario

- Báculo del Mago
- Pergamino
- Protección de posesión
- Poción de control de dragón

	AJUSTE		AJUSTE
F (12) FUERZA	+1	D (11) DESTREZA	+2
I (15) INTELIGENCIA	+5	C (12) CONSTITUCIÓN	+2
S (10) SABIDURÍA	+4	C (13) CARISMA	+1

PHINEAS GAGE

Nombre: WILL BYERS

Clase favorita: Arte

Pasatiempos: dibujar, ir al cine

Actividades extracurriculares:
Club de Audiovisual, Feria de Ciencias

Cuando no estoy estudiando estoy:
leyendo cómics y jugando Calabozos
y Dragones

De grande quiero ser: dibujante de cómics

FOTOS DE LOS CACHORROS

EL CUERPO
ESTUDIANTIL

1984-1985

CACHORROS

Nada es lo que parece. Nunca.

Sólo tienes que preguntarle a cualquier estudiante de la Secundaria Hawkins: te dirá que siempre hay algo *bajo la superficie*. Parecía que el año escolar 1984-1985 no iba a ser nada fuera de serie, pero ocurrieron unas cosas increíbles, algunas de ellas justo aquí, en nuestro pueblito, e incluso dentro de los muros de este edificio. ¡Y ustedes fueron testigos! Ustedes le dieron la bienvenida a nuevas caras y las convirtieron en amistades que durarán toda la vida. Enfrentaron retos más allá del salón de clases y buscaron soluciones incansablemente. Se divirtieron en el Baile de Invierno más grande que hemos tenido. Son recuerdos que atesorarán por siempre, y estamos muy felices de haber podido acompañarlos.

¡Suerte el próximo año! ¡Arriba los Cachorros!

Cuerpo docente y personal de la Escuela Secundaria Hawkins

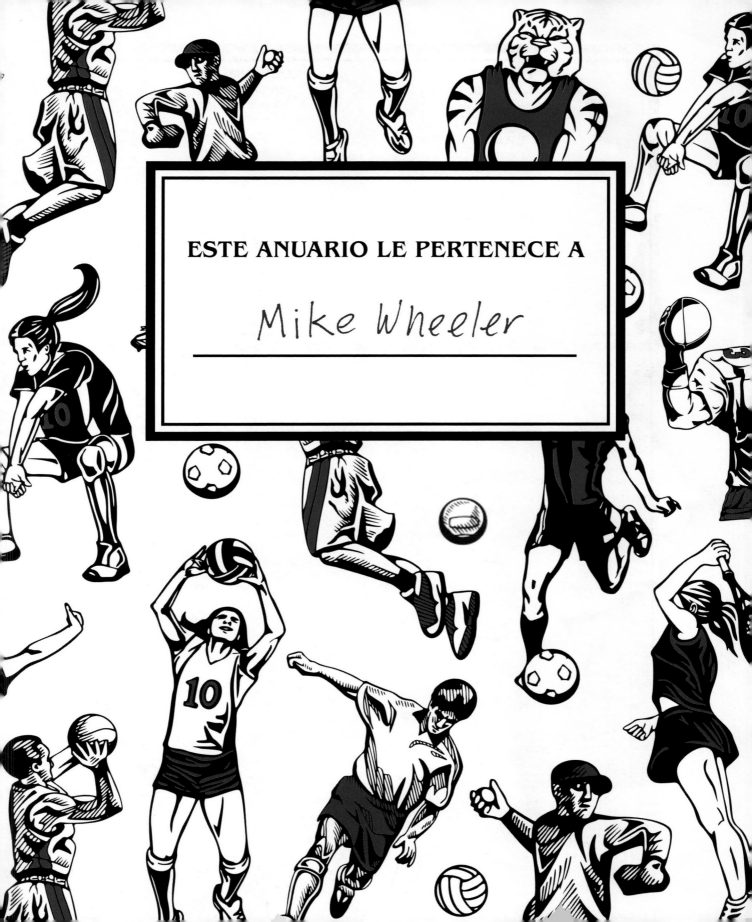

ESTE ANUARIO LE PERTENECE A

Mike Wheeler

EDITORES
Geof Smith
Mike Wheeler

DISEÑO
Will Byers
Stephanie Sumulong
Tracy Tyler

FOTOGRAFÍA
Jonathan Byers
Mike Meskin
Shannon Schram

ASESOR DOCENTE
Chris Angelilli

COLABORADORES
Stephanie Bay
Frank Berrios
Rachel Chlebowski
Patty Collins
Kristen Depken
Regina Flath
Linnea Knollmueller
Scott Logan
Max Mayfield
Mary Ellen Owens
Linda Palladino
Steve Palmer
Rachel Poloski
Maddy Stone
Mark Voges
John Wyffels

NETFLIX
OFFICIAL MERCHANDISE
© NETFLIX

Anuario del Instituto Hawkins 1985

Título original: *Hawkins High Yearbook*

© 2019 Matthew J. Gilbert
© 2018 por Netflix CPX, LLC y NETFLIX CPX International, B.V.

Esta edición se publicó según acuerdo con Random House Children's Books,
una división de Penguin Random House LLC

STRANGER THINGS™ es una marca registrada por Netflix CPX, LLC
y NETFLIX CPX International, B.V.
Stranger Things y todos los títulos, personajes y logotipos son marcas de Netflix Inc.
Creado por los hermanos Duffer
Todos los derechos reservados

Las imágenes en la página 27 son cortesía de Prints and Photographs Division, Biblioteca del Congreso (arriba)
y de la NASA (abajo); las de las páginas 3, 32, 33 (arriba), 40, 48-49, 50 (abajo), 51 (arriba), 52 (abajo),
55 (abajo), 60, 71, 73, 78 y todas las texturas se usan según licencia de Shutterstock.com

Traducción: Daniel Argüelles Izaguirre

D.R. © Editorial Océano, S.L.
Milanesat 21-23, Edificio Océano
08017 Barcelona, España
www.oceano.com

D.R. © Editorial Océano de México, S.A. de C.V.
Homero 1500-402, col. Polanco
Miguel Hidalgo, 11560, Ciudad de México
www.oceano.mx
www.grantravesia.es

Primera edición: 2019
Primera reimpresión: abril de 2020

ISBN: 978-607-527-940-4

Depósito legal: B-10461-2019

IMPRESO EN ESPAÑA/*PRINTED IN SPAIN*

9004728020420

ESCUELA SECUNDARIA

CACHORROS

HAWKINS

ANUARIO 1985

por Matthew J. Gilbert

OCEANO travesía

¡NERD!

Niños, ¡COMPÓRTENSE! — Steve

Espero con ilusión nuevos
viajes de la curiosidad,
Sr. Wheeler.
¡Larga vida al Club AV!
— Sr. Clarke

Mike,
Eres un amor.
Nunca cambies.
¡Disfruta las
vacaciones!
♡ Mary Ellen

¡Que tengas un lindo
verano! ¡Ojalá volvamos a
hacer equipo en Ciencia
el año que viene!
☺ ♡ - Maggie

Videojuegos.
Todo el verano.
¡Allí te veo!